소리의 거처

황금알 시인선 95
소리의 거처

초판발행일 | 2014년 10월 31일

지은이 | 류인채
펴낸곳 | 도서출판 황금알
펴낸이 | 金永馥
선정위원 | 마종기 · 유안진 · 이수익 · 문인수 · 김영승
주 간 | 김영탁
편집실장 | 조경숙
표지디자인 | 칼라박스
주 소 | 110-510 서울시 종로구 동숭동 201-14 청기와빌라2차 104호
물류센타(직송 · 반품) | 100-272 서울시 중구 필동2가 124-6 1F
전 화 | 02)2275-9171
팩 스 | 02)2275-9172
이메일 | tibet21@hanmail.net
홈페이지 | http://goldegg21.com
출판등록 | 2003년 03월 26일(제300-2003-230호)

값은 뒤표지에 있습니다.

ISBN 978-89-97318-85-8-03810

소리의 거처

류인채 시집

황금알

무릎을 꿇고

하늘을 올려다본 순간

결박이 하나둘 풀려나갔다

어둠 속에서

빛으로 빛으로 걸어갔다

차 례

1부

2부

3부

1부

싸리꽃 지게

　오월이면 아버지는 내 키보다 큰 싸리나무를 지고 산
에서 내려오셨다
　보랏빛 꽃들이 누워 산등성이 한쪽을 쓸며 언덕을 내
려왔다
　막 비질한 하늘로 꿩꿩 장끼가 날아올랐다
　무지갯빛 꿩의 깃털이 바작에 사뿐 내려앉았다
　문득 청보라 빛 하늘이 열리고
　아버지의 등 뒤로 햇살이 부챗살처럼 퍼져나갔다

　아버지는 매일 하나님을 지고 오셨다

돌의 날개

남한강 물속에서 주워 온 돌 하나를 손바닥에 올려놓았습니다
남한강이 돌처럼 둥글게 돌아나갑니다
얽히고설킨 물의 살이 돌 속을 굴러갑니다

어린 날 강가에 서면 습관처럼 물수제비를 뜨곤 했습니다
지느러미처럼 돋아나던 돌의 날개들
암벽에 살고 있던 내용 모를 벽화들이 물의 접면에 배를 대고
날아가는 소리 들렸습니다

새의 조상은 어디에 날개를 묻었을까요
묶인 날개들이 풀리는 순간
어떤 힘이 돌을 날게 한 것일까요

돌들의 나이가 궁금했습니다
그러니까 물수제비는
그 유선형의 시간을 수평선 너머로 던져보는 일

날아가는 돌의 발소리에 물새들이 날개를 파닥입니다
부메랑처럼
머지않아 추락할 날개를 달고
돌은 힘껏 날아갑니다

지금은 돌팔매를 견뎌야 하는 시간
짐승의 부리를 꺼내
바람보다 앞서 날아야 할 시간

소리의 거처

아 ― 힘껏 소리를 내보낸다
바람을 타고 멀리 흩어지는 소리의 꼬리들이 허공을
쓸고 간다
말끔하고 텅 빈, 허나
공중 어딘가에 꽉 들어찬 소리의 나라

수많은 뼈가 흙이 되고 핏기 잃은 땅이 객토할 동안 허
공은 투명한 소리의 뼈로 일가를 이루었을까
가끔은 비행기의 머리에 찢어진 굉음들, 빌딩 옥상으
로 떨어진 소리의 비명도 있다

허공의 집
어린 날의 어설픈 휘파람소리 그에게 들킨 수줍던 첫말
젊은 아버지의 조곤조곤한 목소리가 쌓여있는 곳

저 목련 나무의 희디흰 젖니도 모두 그곳에서 온 것일까

아, 하는 순간 봄이 벙글고 화장을 고친 버드나무 종
아리에 물이 올라 소리에 살이 찌는 계절

보이지 않는 소리의 나라는 핼쑥한 겨울 산의 무릎 같
은 곳
버림받은 힘으로 다시 일어서는 힘줄 퍼런 소리가 저
곳에 밀집해 있다
저 빽빽한 허공을 비집고 봄이 와서
꽃물이 번지고 배 밭이 환하다

봄꽃에 매달린 소리가 한꺼번에 피고 진다

접시

황사 마스크가 공원을 걷습니다
자전거가 그 가운데를 가로질러 갑니다
희미한 건물을 배경으로 새들이 이 나무에서 저 나무
로 건너뜁니다
건물 위에 해가 담겼습니다
그것을 오래 보니 세상이 안 보입니다
빛에 갇히니 희미한 형체들뿐입니다
건물은 무슨 색깔 몇 층이었습니까
옥상 위에는 무엇이 있었습니까
입구는 어디와 연결되었습니까
사거리를 지나는 차들은 끝이 없습니다
가느다란 빛 하나가 하늘로 오르다가 점점 확장됩니다
눈을 뜰 수가 없습니다
나는 눈이 멀어 눈을 감습니다
둥근 빛이 또렷합니다
눈꺼풀 속에서 노란 접시 하나가 이글거립니다

거북

전동차 문이 닫히는 순간 덜컹
미처 빠져나가지 못한 목과 두 팔이 문틈에 끼었다
성급히 빠져나간 두 다리만 문밖에서 버둥거린다
그러나 폐지 자루를 움켜쥔 손은 완강하다
손등에 적힌 갑골문자가 그가 헤맨 도시의 길들을 보
여주고 있다

움켜쥔 자루는 꿈쩍도 않고
鬥이 큰칼*이 되어 깡마른 노인의 목을 겨누고 있다

절룩이며 거둔 따끈한 뉴스들
아무렇게나 접힌 아침이 너무 육중하다
방금 전까지 선반을 더듬던 손은 나무토막처럼 뻣뻣
하고
쫓기듯 두리번거리던 눈빛은 단도처럼
자루에 꽂혀있다

안도 밖도 아닌 그 노인
눈만 끔벅거린다

이쯤은 아무것도 아니라는 듯
여러 번 당해본 일이라는 듯
뜻밖에 덤덤하다

쇠골이 산맥처럼 뚜렷하다
찰나에 백 년이 지나간다

잠시 후 방송이 나오고 잠깐 문이 열리고
그는 늘어진 목을 천천히 제자리로 거두어들였다

* 중죄인의 목에 씌우던 형구.

목청

비슬산 계곡에서 시원한 그늘 한술 뜨는데
매미 소리가 떼로 밀려온다
삼복에도 배고픈 목청이 서늘하다
밥상으로 뛰어든
울어도 쉬지 않는 수컷의 성대가 고음으로 치닫는 동안
계곡 물이 불어나고 녹음이 사방으로 번져간다
저 여름 악기들
밤낮없는 처절한 구애에 암컷인 나는 국물 한 숟갈이
목에 탁 걸린다
땡볕 같은 기운에 쟁반만 한 호박잎이 축 처지고
목이 긴 개망초가 시들하다
저 숲의 사마귀 같은 울음은 왜 자꾸 평상 위를 기어오
르나
비탈에 하늘말나리가 노랗다
마주 보는 얼굴이 자꾸 땀을 흘린다
닭발을 삶던 노파가 시퍼런 배춧잎에 소금을 뿌리는
시간
소금에도 절여지지 않는 목청들이
숲을 휘젓고 다닌다

목련

새벽 꿈에
벌거벗은 채 웅크린 한 사내를 보았네
갈비뼈가 앙상한 그
바나나껍질처럼 오그라진 채
내가 버린 장롱 문짝에 끼어 있었네
어느 역에서 본 노숙자 같은
골고다 예수 같은

나, 피와 물을 다 쏟아낸
둥근 몸을 부여안고 울었네
등에 박힌 꼬챙이를 빼낼 때
그가 경련을 일으키며 신음을 삼키는데
소독약을 부은 자리에서
뭉게뭉게 무언가 피어났네

목련 가지마다
흰 붕대를 감은 듯
꽃들이 피어나네

右道

고속도로 진입로
길이 엉킨 흔적이 있다

포식자가 있었다
어떤 생의 살점들이 여기저기 흩어져 있다

비에 젖은 길이 자꾸 바퀴를 밀어내고
헛도는 바퀴가 자주 길을 잃는다
탈선한 길들은 모두 한 방향으로 향해 있다

속도를 비켜 눈을 화등잔처럼 밝히고 달리는 것들
옆구리로 새나가는 것들
꼬리를 물고 들어오는 것들

곳곳이 입이고 항문이다

나는 슬쩍 오른쪽으로 핸들을 돌린다
구급차가 지나간 바닥이 시뻘겋다
눈에 불을 켜고 멈춰있는 것들

모두 어디로 가는 중일까

얽힌 길이 풀리자 산이 벌떡 일어서서 간다
산과 산 사이가 지나간다
터널이 지나가고 다리가 지나간다

포식자가 눈에 불을 켜고 쫓아온다

봄의 아랫도리

　신축아파트 화단 한 귀퉁이 푸석한 땅에 냉이들이 돋
는다
　꽃샘바람이 다녀간 자리 어린 봄이 이파리를 펼쳐 들고
　몰래 준비한 꽃대를 밀어 올리고 있다
　치맛자락을 들춰보니 몸냄새가 비릿하다
　나는 자꾸 거칠어지는 숨을 몰아쉬며
　탐스러운 그것의 밑둥을 움켜쥐고 말았다
　그리고는 꼬챙이로 사정없이
　잔뿌리까지 다 뽑았다

　어린 것들의 아랫도리를 헤집고 뭉개는 발에
　반짝, 전자발찌가 보였다

다리의 귀

소래철교 둥근 교각의 틈을 붙잡고 나팔꽃이 피었다
성긴 철조망을 타고 교각까지 올라온 소리의 길

달팽이관처럼 빙빙
한 넝쿨이 난간을 붙잡고 올라
늙은 다리에 귀 하나 매달았다
늙은 다리의 먹먹하던 귀가 활짝 열린다
바람의 성대가 부풀어 오른다

철로는 매장되고 몸통뿐인 다리 위에서
협궤열차 3량이 덜컹덜컹 달려간다
기억 속, 흑백의 가난한 연인들이 깔깔대며 걸어간다
나팔처럼 벌어진 마음을 서로 휘감는 소리 들린다
소래와 월곶이 잠깐 환하다

새우가 싸요 싸
소라 멍게 맛보고 사세요

어시장의 호객 소리,

보랏빛 귀가 그쪽으로 열린다
짭조름한 귓바퀴에 짧은 해가 쪼글쪼글 달라붙는다

말뚝의 혀

공원 늪지대 경계를 표시한 말뚝이 잎을 내민다
소리 없는 말이 발목에 감긴다
어느 톱날이 절단한 오동나무의 말
나이테 환히 드러낸 나무가 혀를 내밀어 늪지를 더듬
는다

평생 붙박인 나무의 출구는 어디였을까
다시 말뚝으로 묶여 비상구를 찾는
솜털 보송보송한 줄기
손바닥만 한 이파리 위로 둥글게 새순이 터진다
어떤 이파리들은 늪지의 허공을 45도쯤 넘어
부들과 창포를 향해 간다

뿌리 없는 한 줌 목숨을 껴안고
밤 개구리울음으로 푸른 혓바닥을 늘이는 저 오동나무
말뚝

누군가 싹을 쥐어뜯은 흔적이 있다
사고로 혀끝이 잘린 사람의 비명처럼

짐승으로 변한 말뚝 하나
스치는 발소리에도 진저리를 친다

까치놀

등을 보이고 서 있는 긴 그림자
누굴 간절히 사랑하다 돌아선 듯
이별이 뜨겁다
한참을 울었는지
발밑이 흥건하다
저 수평선, 눈시울이 붉다

가문비 돛대

우듬지로 바람을 끌어모으는 가문비나무
숲이 일렁이고 바람은 회오리로 몸을 바꾼다
돛을 높이 세우고 숲은 어디로 가자는 것일까
된바람에 한바탕 파도가 치고 돛대는 일제히 서쪽으로
휘어진다

산등성이에 정박한 지 수십 년
가문비 선장은 비밀지도 한 장 품고 길을 탐색 중이다
수없이 하늘길을 더듬던 가문비나무
몇 그루나 바다의 돛대가 되어 바람을 다루며 살아남
았을까

등뼈가 휘어지는 돛대
그 아래 키 작은 나무들이 떨고 있다
저기 어디 보이지 않는 암초가 있는 것일까
가문비나무가 선봉에 서서 부추기지만 숲은 여전히 발
이 묶여 있다

갈수록 바람은 사나워지고 가문비 선장은 늙어간다

언제쯤 닻줄을 풀고 출항할 것인가

필시
이 지루한 항해의 끝은
바람이 부러지거나,
돛대가 부러지거나,

기억의 가면들

천 년 전 까치 한 마리가 텅 빈 겨울 동구를 지나다 감나무 높은 가지 끝에 달린 여섯 개의 홍시를 잃어버린다

오백 년 전 바람 몹시 불던 날 까마귀 한 마리가 꼭지 끝에서 달랑거리는 홍시 세 개를 발견한다

어제 박새 한 마리가 마을 뒷산 오르는 길에서 홍시 두 개를 발견한다

오늘 아침, 까치 한 마리가 우물가에 떨어진 홍시 한 개를 발견한다

양파

너무 많은 것을 함축한 이 球体는 무엇입니까
일 중독인 남편과 어린 딸을 두고 바람난 엉덩이 같은
정부 쪽으로 구부러진 어깨 같은
그것은 무엇입니까

폭주족들은 왜 어둠을 끌고 달려갑니까
오토바이들이 중앙선을 넘어 반대편으로 거슬러 간 뒤
진한 양파 냄새가 납니다

사랑해 그러니까 믿어 줘

통유리 너머 뚱뚱한 저 여자는 순식간에 양파 한 접시를
다 먹어치웠습니다 저 외로움은 몇 겹입니까

남발한 양파들이 함부로 굴러다니는 저 거리는 어디입
니까

아기 주머니, 씨

아줌마=아주머니=아기 주머니

그녀는 아줌마라고 부르면 화를 낸다 두 아이의 엄마
한 남자의 아내인 그녀
아직도 처녀인 내 친구 순재는 자기를 아줌마라고 소
개한다 집과 땅을 사고팔 때 아줌마라야 일이 술술 풀린
다고 아줌마라야 사람들이 편하게 다가온다고
나는 왜 아줌마라 불려도 무덤덤한가 이제는 아기 주
머니 따위를 품을 수 없는 나이 때문인가

아저씨=버금 아버지=아기의 씨

언젠가 대학병원 레지던트에게 아저씨라고 했더니 발
끈했다
유방암이 온몸에 퍼진 시어머니를 퇴원시키라던 그
아저씨, 병원비는 잘 낼 테니 조금만 더 있게 해줘요
환자가 저리 원하는데…
아저씨요? 아저씨라뇨! 여기가 여관인가요 빨리 나가
요!

화를 내던 아저씨의 몸에 숨어 있던 아기씨가 튀어나
왔다

내게도 눈부신 날개가 있다

지하차도로 막 들어서는데 집채만 한 트레일러가 금지된 실선을 넘어 내게로 달려들었다 다급한 손발이 경적을 울리고 액셀을 밟는다

어떤 미친 속도가 나를 짓밟고 벽 쪽으로 밀어 뭉갠다 외마디 비명이 차체와 얽혀 찌그러진다 나는 마지막 한 방울까지 기름을 짜낸 깻묵, 쏟아지는 피를 받아 마시는 허기진 혓바닥

누군가 급히 검은 보자기를 들고 내게로 달려들어 마지막 비명과 얼굴과 이름을 덮어씌운다 웅성거림 속에서 어머니가 보를 들추다가 쓰러지신다 통곡이 터널 속을 왕왕 울린다 터널의 아가리가 급히 확대된다

아! 외마디에 금빛 날개 한 쌍이 활짝 펼쳐져 나를 들어 올린다 나는 풍뎅이처럼 날아오른다 저 아래, 차들이 어지럽게 엉키고 부딪치고, 나는 아득히 터널의 궁륭을 날아 반대편 벽에 내려앉는다 어디선가 한꺼번에 빛이 쏟아진다

캄캄한 대낮

지렁이 한 마리 오후 2시의 보도블록 위를 기어간다 머리를 좌우로 흔들며 앞으로 간다 장마통에 집 나온 저 벌거숭이 봉사 간다 바로 앞이 차도인 줄도 모르고 개미가 새까맣게 몰려오는 소리도 못 듣고,

저 귀머거리 개미 떼에 둘러싸여 몸부림친다 미끌미끌 축축한 살갗의 고행, 점점 호흡이 가빠진다 땡볕에 온몸 화상을 입고 캄캄한 대낮을 더듬는다 바로 옆이 그늘진 풀밭인 줄도 모르고,

만신창이 한 마리를 어디론가 끌고 가는 개미 떼, 시끌벅적 성대한 오찬에 취해 마주 오는 커다란 구두 쪽으로 간다

2부

국화 벌레

하필이면 꽃부리에 우물을 팠을까
진저리치는 사랑이네

어따대고

국물을 막 뜨려는데 전화벨이 울렸다 웬 여자가 신용
카드 대금 구백팔십만 원이 연체됐다고 속히 갚으라 한
단다

카드도 없는디 뭔 소리여?
너 조선족 맞지?
어따대고 장난쳐!

전화가 뚝 끊겼다

요즘 이런 것들 많어 전화하는 놈에 계좌번호 알아내
는 놈에 돈 찾아가는 놈은 또 따로 있대 웬 놈과 배 맞아
사기 친 올케년 땜에 나 서른세 평 아파트도 하루아침에
날린 년여 그뿐 아녀 내 레스토랑 보증금이랑 통장에 든
십 원짜리까지 죄다 뺏겼어 그년이 어느 날 카드 좀 빌
려 달래드니 있는 대로 긁어 쓰고 내뺐잖여 나 육 년이
나 세빠지게 고생했어 그것 땜에 신용불량자 돼서 풀린
게 작년인디 보증이라면 자다가도 벌떡 일어나는디 뭣
여? 어따대고 수작여! 내가 말여 남편 죽고 이 밥장사로

41

삼 남매 대학까정 보냈어 그년이 두고 간 조카 새끼 둘
까지 키우며 그년 카드빚도 죄다 갚은 년인디 말여 어따
대고 또 카드 연체래 응, 어때대고!

늦은 점심상 앞에서 해장국집 여자는 코를 횡 풀더니
오이소박이를 한 접시 더 내온다

싸락눈 내리는 날

나와 마주 보고 앉은 등 뒤로 싸락눈이 내리네
전철 안 중년의 사내, 싸락눈을 배경으로 곤히 잠들었네
밥 대신 술로 배를 채웠는지 고약한 냄새 풀풀 날리네

입을 반쯤 벌리고 코를 골다 갑자기 눈을 뜨는 사내
자다 깨어 비뚤어진 챙모자를 바로 고쳐 쓰네
마른 몸에 꽉 끼는 티셔츠 빛바랜 점퍼
흘러내린 바짓단 밑으로 차디찬 맨발이 보이네
잿빛이 된 흰 운동화 밑창이 입을 딱 벌렸네
허기를 채우지 못한 저 아가리

창 밖에는 소복소복 눈밭이 쌓이는데
사내는 지난밤의 취기를 이기지 못하고 노래하네
풍~년~이 와~았네 풍~년~이 와~아 아~았네…
잔뜩 가문 몸으로 풍년가를 부르며 혼자 신명이 났네
목의 힘줄을 타고
노래로 변한 슬픔이 사내의 몸을 빠져나오네

애써 외면하는 사람들에게 마구 노래를 퍼주는 인심

벌어진 운동화 밑창이 딱딱 박자를 맞추네
전철도 덜컹덜컹 장단을 맞추네

經을 읽다

화야산에 눈이 하얗다
빽빽한 삼나무 사이를 헤집고 한 소리가 날아든다
인가도 없는데 어디서 개 짖는 소리 들린다

經을 읽겠다고 굽이굽이 산중에 든 내게
소리가 날아온다
누가 문고리를 스쳐 가는 소리
북소리…종소리…
아득한 소리의 시간이 어딘가로 가고 있다

그 행간에 몇 개의 쉼표를 찍는 사이
누군가 내 자리를 가져갔다
시간강사인 밥줄이 뚝 끊어졌다

經을 읽는 일이 經을 치는 일이라는 걸 몰랐다

암사동 빗살무늬토기

강 언덕 야산에 우거진 졸참나무 숲은
이 항아리에 모두 담겼다
그때 누군가의 뒤주였을 토기
도토리와 물고기 뼈 화석이 보여주는 그들의 밥상이
소박하다
갈판에 도토리껍질을 벗길 동안
산으로 강으로 내달린 돌창은 하루치의 끼니를 겨냥했
을 것
움집에 걸어 들어온 재티 묻은 저녁이
화덕에서 거뭇거뭇 익어갈 동안
목젖에 갇힌 말도 함께 부풀었을 것이다
항아리 아가리에 빗살무늬로 찍힌 육천 년 전의 말
밋밋한 거죽에 나뭇가지와 대나무와 생선 가시가 스쳐
갔다
그릇에 옷을 입힌 투박한 손
그때부터 우리는 무늬를 숭배했던 것일까
긁히고 파이며 흙은 제 몸의 상처를 무늬로 받아들였다
그렇다면 내가 받아들인 상처는 어떤 무늬로 남았을까
나는 가끔 마음의 무늬가 딱딱해서 미간을 찡그린다

연신 문질러도 지워지지 않는 양미간의 표정

조각조각 이어진 재생 토기는 순하고 고운 무늬를 지
녔다

이 투박한 마음이

해안가 구릉 깊이 묻혔다가 불쑥 드러난 이유는 무엇
일까

나는 근원적인 맨몸의 언어를 읽기 위해

이 질그릇의 말에 귀를 기울인다

이쪽과 저쪽

휴게소를 지나자 후드득 빗방울이 듣는다
유리창에 알을 스는 구름의 씨앗들,
버스 운전석 앞 시야가 뿌옇다
당황한 윈도 브러시가 빠르게 반원을 그린다

물의 알이 유산되는 순간 왼쪽 차창이 다시 알을 낳는다
왼쪽이 술렁거린다
왼쪽의 바퀴가 물안개를 일으킨다
오른쪽 차창을 넘어온 햇살이 내 무릎에 닿는 동안
왼편은 빗줄기에 젖는다

공중의 경계,
길은 직진이고
이쪽과 저쪽의 중앙에 물린 버스는 젖고 말았다

산비탈에서 굴러온 돌멩이가 왼쪽 바퀴를 치고 길 가
운데로 튕겨 나간다
상처를 입은 왼쪽
오른쪽은 실금하나 가지 않았다

경계를 넘어 길바닥까지 기어 나온 칡넝쿨의 모가지들
질주하는 바퀴에 반쪽의 오후가 뭉개진다

꽃 사태

왕벚나무 사태 졌다
이 열 횡대로
젖꼭지가 부풀어 오른 꽃들이
약속한 4월을 한꺼번에 게워내고 있는 거다
방지턱 앞에서 속도를 줄일 때마다
늘어진 분홍 가지가 그네를 탄다
언젠가 저 아래서 봄을 찍었다
무거운 머리를 감싸안고 저기 어디쯤 서성이다가
과열된 생각을 내려놓고 온 적 있다
나무는 기억하고 있을까
각각 딴생각에 골똘한 인문학도들처럼
나무는 왠지 시큰둥하다
벚나무들은 언덕배기 고풍스러운 학교 건물을 배경으로
산만한 생각들을 매달고 있다
검은 껍질이 들뜬 채 옹이진 아랫도리가 뿌리 쪽으로
기울어졌다
허리춤에서 V로 갈라진 나무는
위로 갈수록 Y가 되고 W가 되고 K가 되고
그 끝에 연분홍들이 화르르 몰려 있다

바람이 저공으로 날아간다
이쪽과 저쪽의 분홍들을 가로질러 간다
주머니 깊숙이 왼손을 찔러 넣은 사내가
오른팔을 흔들며 절룩,
간다. 빗방울이 꽃잎을 비켜 떨어진다
화사함 뒤에 숨은 불안이 환히 보인다

깡통 콩나무

딸아이가 생일 선물로 깡통 화분을 들고 왔다
설명서에 따라 물을 주니
며칠 후 엄지손톱만 한 떡잎 두 장이 나왔다
두툼한 떡잎 위로 이파리가 두 장 더 돋았다
금세 이파리 넉 장으로 우거진 깡통
날개를 퍼덕이며 날아오를 듯
손바닥만큼 넓어진 이파리들이 중심을 꽉 붙들고 있다

부풀어오른 흙을 꾹꾹 누르며 물을 주니
잔뿌리들이 비좁은 깡통 밑구멍을 뚫고 나온다
길게 뻗은 줄기로 창틀을 더듬으며
사춘기 딸 같은 호기심이 바깥세상을 엿본다
허공에 길을 내는 줄기의 힘으로
깡통은 한쪽으로 기우뚱 쏠린다

이쪽에서는 불안이지만
저쪽에서는 아슬아슬 활기를 띠고 있다

말복

마당을 경중경중 뛰던 검둥이가 잡혔다
반질반질한 검은 털
내 손을 부드럽게 핥아주던 따뜻한 혓바닥을
땅딸보 윤씨와 뻐드렁니 이씨가 쇠줄에 묶어 끌고 간다
딸고만네 콩밭을 지나 밤나무 아래로 컹컹 울음이 끌
려간다
아이들은 죄다 콩밭에 숨고 콩밭이 한쪽으로 자빠진다
졸던 뒷산이 번쩍 눈을 뜨는 정오
검둥이의 머루포도알 같은 두 눈이 이글거린다
나뭇가지에 매달린 네 개의 다리가 허공에서 버르적거
린다
질금질금 오줌을 지린다
혀를 빼물고 헉헉대는 말복,
사정없는 몽둥이에 비명이 튄다
밤나무 가지가 진저리치고
아낙들은 덤덤한 얼굴로 무쇠솥에 물을 붓는다
꼬랑지가 축 늘어진 말복,
잠잠해지자
장딴지가 두툼한 사내들이 장작에 불을 지핀다

울음이 탄다
누린내가 코를 찌르고
냇가로 몰려간 아이들은 비린 냇물에 멱을 감는다

먼지 감옥

문틈으로 새어든 빛, 먼지 떼가 출몰했다 설거지하다
보니 또 보인다 창문을 닦는데 무심히 책을 읽는데… 마
구 번진다

소파나 장롱 밑 컴컴한 구석에 몸을 숨긴 먼지 부대
들, 묵은 시간에 발등이 갇히고 게으른 무릎이 갇히고
허리와 가슴이 갇히고 예민한 코는 매캐한 먼지를 삼킨
다 소리를 질러도 먼지는 그 파동을 따라 떠다닌다

은둔했던 저 늙은 먼지 구름들, 가까스로 먼지를 피해
빠져나간 생각이 천장을 뚫고 구멍을 낸다 그 구멍으로
빛이 스며드는 순간 노골적인 먼지의 비행이 시작된다
이곳은 단단한 사각의 먼지 감옥 햇살이 쏟아져 먼지의
층을 뚫는다 침묵의 뒤편에서 튀어나와 순식간에 부풀
어오른 저 먼지의 출처는 어디인가 우주의 티끌인 나
는 어떤 먼지의 몸이었을까

방금 날아간 시간이 세포분열을 시작한다 내 몸은 거
대한 먼지의 방이다

얼음폭포

강촌의 구곡폭포

인적 없다
한 무리의 새들이
회리바람같이 날아올라
공중에 눈을 흩뿌리고 간다
구름이 덩달아 몰려간다

조용하다

툭,
툭,
툭,
얼음장 속에서 물 떨어지는 소리

귀가 먹먹해진다

저 속에 펄펄 뛰는 봄이 갇혀 있다

그녀와 시의 거리

한동안 문학박사가 그녀의 최종 목적지였다 논문은 시인의 한숨과 땀방울로 기록되었다 참고 문헌의 한 구절이 각주로 달리고 논쟁의 대상인 몇 부분의 인용문구가 그녀의 삶을 대신했다 그녀의 주장은 무례하고 문장은 설익었지만 그녀는 언제나 그 논문이 씌워 준 박사를 자신의 얼굴로 내놓는다 그 이력 한 줄에 싱싱한 상상력이 시들어버린 줄도 모르고 그것을 자신의 상상력과 교환한 것도 모르고 그 덕분에 자신이 조금 더 불행해졌다는 것도 모르고

밤새 일그러진 표정 위에 가면 하나를 덧씌웠다 이슬람 신화에 나오는 어떤 거지의 반지는 새들의 언어를 이해할 수 있다고 했는데

새들이 뒤죽박죽 지저귄다

진실은 부재중

진실이 거짓 때문에 목을 매달고 죽었다는 비보이다
소문에 가위눌리고 우울해진 진실이다
갈가리 찢긴 가슴을 쥐어뜯고
두 다리를 뻗고 발을 동동 구르고
땅을 치고 울고불고 난리를 피다가도
미친 듯 깔깔대던 진실이다
진실은 이제 국화꽃으로 장식된 영구차를 타고 간다
모자를 눌러쓰고 목에는 하얀 털목도리를 칭칭 감고
요정처럼 환하게 웃으며 간다
화장 중, 전광판의 붉은 글씨가 마지막으로 진실을 각
인시키는 동안
불구덩이 속에서 진실은 재가 될 것이다
목 졸린 진실을 벗으면 가벼워질까
전광판에서 진실이 사라지면
진실은 영원히 부재중일까

바람의 향기

공원 벤치, 햇살이 소나무 사이로 빗살처럼 뻗친다. 노랗게 물들기 시작한 시월, 소풍 나온 꼬마들의 웃음소리가 단풍나무와 느티나무 사이를 뛰어다닌다. 애완견을 끌고 나온 노인의 발자국이 힐끗 지나간 뒤 바람이 물든 이파리들을 급하게 훑고 간다.

내 무릎 위로 어디서 붉은 바람 한 장 날아들고 없는 너는 내 왼편에 와 앉는다. 나무젓가락으로 김밥을 집어 너의 큰 입에 넣어주는 순간 뽀얀 이가 빛난다. 온통 너는 하얗다. 나는 오른쪽에서 비스듬히 너를 보며 미소 짓는다. 사과 씹는 소리가 싱싱하다. 내 얼굴로 상큼한 과즙이 튄다. 바람에 날리는 긴 머리에 가려 너는 자꾸 사라진다.

나는 지금 너를 그리워한다고 말하는 중이다. 아니, 방금 내 앞을 가로질러 어디론가 휙 날아간 새 한 마리, 그의 흔적 때문에 울렁거린다고 말하는 중이다.

오줌발

장대비가 내리는 처마 밑에서 병태가 바지를 내렸다 마당에 쏘아댄 오줌발이 무지개처럼 뻗쳤다 〈넌 못 허지?〉 상문이도 따라서 오줌을 갈겼다 〈내가 더 멀리 나가지!〉 비는 죽죽 내리고 부아가 치밀어 나도 치마를 들쳤다 아랫도리에 힘을 주고 서서 〈쉬… 봐, 나도 혔당께〉 뜨거운 내 오줌발 치마 끝을 적시고 힘없는 내 오줌발 내 발등을 적시고 처마 밑이 흥건했다 〈에이 그게 뭐여 그게 뭐어여어…〉

울지도 못하고 씨근대던 그 날처럼 땅이 패게 오줌발을 쏘아대는 저 하늘

고주박잠

허리를 드러낸 낮잠이 계단에 앉아 있다
풋물 든 손에 까다 만 완두콩 몇 알 쥐고
전철역사 기둥에 비스듬히 기대 고주박잠 들었다
때 절은 슬리퍼 갈라진 뒤꿈치를 바람이 핥고 지나간다
점점 벌어지는 입속으로
무슨 꿀단지라도 발견한 듯 파리 한 마리 들랑거린다
저것은 깊고 깊은 굴
꿈을 꾸는지 늙은 여자가 웃자
파리가 기겁하고 굴을 빠져나간다
전철이 토해내는 발걸음 소리에 갇힌
팔다 남은 상추 같은 여자
깜박 잠에서 빠져나오자
완두콩 서너 알 또르르 굴러간다

노숙

인천시청역 6번 출구가 보이는 벚나무 가지에 물이 뚝
뚝 떨어지는 양말 세 짝 걸어두고 사내는 잠을 잔다. 불
두화 그늘을 이불처럼 덮고 나무 의자에 길게 누웠다.
때 절은 점퍼 헐렁한 바지 모자로 덮은 낮잠이 팔짱을
낀 채 검정 가방을 베고 누웠다. 바람이 불면 수척한 얼
굴이 벗겨질 것 같다. 옆얼굴에 거뭇거뭇 수염이 보인
다. 저 잠 속으로 누가 끼어들 수 있을까. 지나가던 구름
하나가 기웃거린다. 새소리가 발치 아래 떨어진다. 해당
화 향기에 악취가 밀려난다. 허공에 치켜든 맨발의 뒤꿈
치가 보인다. 발보다 큰 운동화는 의자 밑에서 졸고 있
다. 천지가 그의 거처다. 사내는 지금 허물 같은 몸을 벗
어 놓고 어느 꿈속을 떠돌고 있을까.

3부

응애

응애

열 달 동안 여문 생각이 터진다
물컹한 비린 것이
저절로 밤송이를 벗어나
바닥을 친다

응애

참았다 내지르는 뜨거운 말이
지표에 번진다

첫 숨에
천지가 열린다

암전

그날, 황금빛 눈과 딱 마주쳤다
주차장 입구 대밭 근처를 어슬렁거리던 검은 고양이
한 마리
댓잎 냄새 훅 끼치며 날아오를 때
댓잎이 파르르 물결소리를 냈다

누군가 주차장에 조각구름 떼를 가득 뿌리는 시간
그는 가슴에 갈색 꽃무늬를 새긴 암컷과 만나는 중이
었다
대밭으로 이어진 좁은 길에서
두 몸이 닿을락 말락 하는 중이었다

그는 고층아파트 꼭대기까지 들릴 애절한 울음으로
야옹야옹
하얀 그녀의 귓불을 핥았다
암컷은 간지러운지 몸을 몇 번 움찔거렸다
그는 마치 노래를 부르듯 느릿느릿
암컷의 둘레를 돌며 품위 있게 긴 꼬리를 흔들었다

문득 좁은 길이 환해졌다
그 위로 햇살이 쏟아졌다

저벅저벅…
거침없는 구둣발이 지나갔다
암고양이는 슬몃 대밭 쪽으로 스며들고
그 자리에 서서 눈만 껌뻑이던 그,
멍하니 대숲 쪽을 보다가
생각난 듯 뒤따라 들어갔다

暗轉

마중물

소파가 노모의 푹신한 잠을 껴안고 있다. 푸푸 잠을
드나드는 들숨 날숨에 할로겐 조명이 머리띠같이 반짝
인다. 깊은 잠을 두른 어머니 누굴 만나는지 입꼬리가
살짝 들린다. 나는 마룻바닥에 누워 뒤척이는데 잦아든
어머니 숨소리, 창밖에 별 하나 지는 동안 다시 피어오
른다. 한사코 소파에 밤을 눕히는 고단한 잠 너머 깊은
펌프질 소리. 어느 영혼을 퍼내는 소리일까. 나도 새벽
마다 어린 딸의 방 앞에서 기도로 펌프질한다.

자루 속의 쥐

잠을 깬 식구들이 속옷 바람으로 쥐를 잡는다
광목 쌀자루를 들고 쥐가 갈만한 곳을 뒤진다
엉겁결에 우리의 잠은 달아나고
밀쳐둔 잠 위로 쥐가 내뺀다
식구들이 한 곳에 벗어놓은 옷가지를 들추니 쥐가 반
대편 구석으로 날아간다
이불을 들치고 어머니의 바느질감을 들추니 쥐가 튀어
나온다
천장에만 발자국을 찍던 쥐가 방바닥에 발자국을 찍는다
날마다 우리의 잠을 갉아먹던 쥐가 윗목에서 구부리고
자던 어린 동생의 잠 속으로 뛰어든다
악── 쥐보다 먼저 비명이 튀어나온다
식구들의 눈빛은 더욱 빛나고
방구석으로 몰려 우왕좌왕하는 쥐,
아가리를 벌린 자루 속으로 뛰어든다
벌린 아가리가 덫인 줄 몰랐을까
아버지가 그러쥔 자루가 펄떡펄떡 뛴다
쥐눈이콩 같은 눈을 떼록떼록 굴리던 쥐
출구를 찾느라 다급하다

우리의 선잠과 비명과 유년을 빨아들인 자루 속이 소
란하다

많은 천장은 쥐 오줌으로 얼룩져 있다
밤마다 우당탕 달리며 찍찍거리던 소리는 모두 어디로
흘러가버렸을까

월령리 선인장

월령리는 갈대와 노을 진 하늘이 맞닿아 수평선만 가
물가물하다
월령리의 바다는 칠면조
월령리의 바다는 돌담에 턱을 괸 백년초
해안의 흰 물결이 검은 현무암 위로 뛰어오를 때
파도는 슬금슬금 뒷걸음친다
파도소리를 들으며 잔뼈가 굵은 선인장 가시는
파도소리의 후생이다

그러니까 가시를 아무리 세워도 파도는 찔리지 않는다
그러니까 백년초는 여전히 가시를 세우고
파도가 솟구칠 때마다 키를 올린다
그러니까 칠면조는 하루에도 몇 번씩 그 현학취의 날
개를 편다

찰나

번쩍, 번개가 스치자 호미를 내던지고
어머니는 밭고랑에 자빠졌다
순간에 갈라진 삶과 죽음
느닷없는 호령에 부들부들 떨던 어머니
흙 묻은 발이 마루로 뛰어들었다

번개는 안방까지 따라 들어와
꽝, 대들보를 치고 방문을 내리쳤다
어린 동생이 자다 깨어 자지러지고
횃대에 걸린 적삼이 뚝 떨어졌다
마루 밑 검둥이도 미친 듯이 짖었다

죽음이 몸을 관통하기 직전
고추밭을 매던 호미가 먼저 튀어 나갔다
벼락 맞은 호미가 떨어진 그 자리
구덩이가 깊이 파였다

한동안 눈을 뜨지 못하던 어머니
그때 눈부신 빛을 만났다
호미를 빼앗아 던지던 그 손을 보았다

폭염 아래

풀 뽑는 여자들이 언덕에
앉아있다 머리에 흰 수건을 두른 펑퍼짐한
엉덩이들이 이마에 불볕을 이고 잡초를 뽑고 있다
뽑혀나간 쇠비름 토끼풀 바랭이가 볕에
시들고 있다 손톱에 풀물이 든 여자들이 달아오른
호미를 팽개치고 나무 그늘에 들고
폭염이 여자들을 놓치고 있다
손부채를 부치는 수다들이 목에 두른 수건을 풀어 땀을
닦는다 깔깔깔 한바탕
웃어젖힌다 된더위가
한풀 꺾인다 풀어 놓은 잡담이 순식간에
웃음의 무게를
들어 올리고 여자들이 애드벌룬처럼 둥둥 떠오른다
폭염이 뻘쭘하게
그늘 밖에 앉아 있다

장수천변

천변은 수많은 목소리를 가지고 있다
참새 귀뚜리 개구리 물소리 자전거 구르는 소리…

소담한 버들강아지를 배경으로 해는 산마루에 걸리고
천변 가 쪽파밭에 엎드린 사내의 등에 노을이 업혀 있다
하늘거리는 코스모스 아래 고개 숙인 강아지풀
노랗게 물들기 시작한 벚나무…
천변은 초가을을 내걸었다

둘레길 끝에서 다시 거슬러 걷는다
스산한 바람이 부는 산 아랫마을 놀이터
정자에 앉아 등을 보이던 노인의 얼굴을 정면에서 바
라본다
살아온 길을 이렇게 뒤돌아 걷는다면
떠난 이들의 얼굴을 마주할 수 있을까

장수천 아래 물이 깊어진 곳으로 비단잉어들이 모여든다
한 주먹 강냉이로 저녁을 먹인다
졸졸 제 길을 따라 내려오던 물이

저렇게 큰 물고기를 길렀다
그 아랫녘을 빠져나온 가을의 발목이 젖어 있다

이제는 집 쪽으로 향하는 시간,
길에서 하루해를 넘겼다

쑥

묵은 독감을 떨치고 일어서니 입이 쓰다

헛바늘이 돋은 봄날
첫 비에 쑥쑥 올라온 봄의 혀끝들
봉투를 뜯듯 봉합된 초록이 풀리고 있다
쓴 물을 머금은 눈빛이 분주하다

또박또박 쓴 봄의 필체에 손톱이 쑥빛이다
군데군데 탈자처럼 사라진 흔적,
누군가 속독으로 들을 읽었다

노파의 무릎이 떠난 영감을 찾듯
찔레넝쿨 사이 봄의 주머니를 뒤집는다
가시에 찔리며 그 모가지를 찾아낸다
주워담은 밭두렁이 한 소쿠리다

쑥이 뜨겁다
그 기운으로 들판이 다 녹았다
코가 뻥 뚫리고 생각의 어혈이 풀린다

무당거미

그래 오너라
거기서 하프 튕기듯
자꾸 줄만 흔들지 말고

이 투명한 그물 위로
오너라

비칠비칠 오너라
거침없이 올라타라

정사는 시작되고
나는 짜릿하게
네 목을 물어뜯으리

나의 배를 애무하던
너의 긴 다리는
바들바들 떨리리라

그러면 나는

몇 초 사이의 황홀을
우적우적 씹어먹으리라

세상 밖의 세상

남도 유배 길을 따라 다산을 만나러 간다
가우도 해변 군데군데 눈덩이 같은 것들,
망원경 속으로 들어온 고니들이 묵념하듯 서 있다
기도가 길다

반쯤 뽑힌 뿌리들, 흙을 움켜잡은 나무터널을 지나
대숲에서 누군가 나를 부르는 소리를 들었다
쩡쩡 겨울 산을 흔드는 산새들
그도 저렇게 가슴을 치며 울었을 것이다

숨을 몰아쉬며 가파른 산길을 오르는데
구불구불 계단을 이룬 수백 년 된 소나무 뿌리들이
가쁜 숨을 잡아준다
92개의 돌계단을 올라온 목소리에
푸른 이끼가 끼어 있다

초당 가까이 다가가니
보초병처럼 우거진 나무들이 하늘을 둥글게 열고
앞마당에는 오후의 햇빛이 쭈그리고 앉아 있다

그가 뒤껼 샘물을 길어다가 솔방울을 지핀다
긴 유배의 시간에 약천으로 차를 다리며
이렇게 세상 밖에서 살고 있었던 것

초당 마루에 걸터앉으니 한 시대가 버렸던 꿈이
유유히 흘러가고 있다

길

대밭을 지나 산에 오르는 길
반들반들한 길
다람쥐같이 쪼르르 오르내리는 길
산 중턱에 네 개의 돌무더기가 길을 막는 길
낳기만 하면 죽었다던 상분네 딸들의 돌무덤 같은 길

볶은 소금을 밥숟갈에 꾹꾹 찍어 먹던 상분 할매가 애
를 받던 길
구부러진 허리에 뒷짐 진 노파가
산발한 머리를 흔들며 며느리를 지청구하던 길
죽은 애만 낳는 년의 길

키 작고 얼굴 동그랗고 머리를 쪽진
광복치마를 두른 배가 해마다 불룩했던 상분 엄니,
목소리가 앙칼지고 입이 거친 년
썩을 년 육시할 년 소리치던
문틈으로 갓난아기를 뒤집어엎는 걸 봤다면서
툭하면 허공으로 돌을 던지던 년의 길

장모님 똥

정월 초하루
장인이 떠난 자리에 사위들이 둘러앉아
장모님과 백 원짜리 고도리판 벌렸다
출가한 딸들이 한꺼번에 몰려와
고, 스톱! 훈수를 둔다
깊은 밤, 잠은 멈춰있고
가족사진 속에서 장인은 빙그레 내려다보고

장모님, 제발 똥 좀 싸세요
어메 진짜 똥 쌌네
앗싸, 똥 먹었다 똥!

달무리

어스름 지는 산꼭대기
높은 나뭇가지가
빛의 공을 굴리고 있다

달무리 진 보름달 하나
깊은 골목까지 나를 따라온다
무슨 말이라도 할 것처럼
내 걸음에 맞춰 멈추고 움직인다

캄캄하던 나는 빛을 이고 있다
내 안에 고인 어둠이 조금씩 빠져나가
환해지는 중이다

빛에 목욕하는 나무들이
계절마다 한 자는 자라듯이
내 영혼의 키도 자랐다

졸지도 않고 자지도 않는 참 빛*
달무리가 나를 감싸고 있다

* 요한복음 1장 9절

이끼의 시간

공터에 버려진 수레 하나
때 절은 손잡이를 치켜들고 전봇대에 등을 기대고 있다
싣고 나르던 짐들은 모두 어디에 부렸을까
먼 길을 가던 바퀴가 헐렁해졌다
길과 길을 이어주던 힘이 멈춰있다
눅눅한 때를 건너온 시간의 흔적
푸른 이끼가 기울어진 수레의 바닥을 타고 오른다

저 수레가 걸어온 길을 알 것만 같다
단단하게 조였던 시간이 느슨해지고
길은 이곳에 멈춰있다
해가 구름 사이로 잠깐 들어간 사이
바람이 손잡이를 슬쩍 만지다 간다
그 손에도 이끼가 묻어 있다

이끼의 시간이 굴러가느라 덜컹거리는 소리가 들린다

버선발기형*

언제부터였나 엄지발가락이 바깥쪽으로 휘었다
발보다 작은 구두가 점점 발가락을 조여
몸이 중심을 잃고 자꾸만 한쪽으로 쏠린다
보이지 않는 바늘이 엄지발가락을 쿡쿡 찌른다
걸음을 따라 길이 비틀거린다

신혼 시절 버선발로 걸었다
코가 새하얀 버선 속에서 발이 오이지처럼 졸아들었다
열 식구가 한 이불에서 한 방향으로 접혀 자듯
발가락과 발가락이 딱 붙었다
제 몸에 맞지 않는 집

수십 년이나 갇혀 살던 발처럼
마음도 어느새 휘어져 있었던가
고린내를 풍기듯
무심코 던진 뾰족한 말이 가시가 되어
그는 수없이 찔렸을 것이다

이 뾰족한 발의 말,

나는 오리처럼 뒤뚱거린다

* 엄지발가락이 새끼발가락 쪽으로 굴곡된 무지외반증

엎질러지다

강의 시간에 늦어 택시를 타고 왔다
수업 시간보다 한 시간 앞질러온 생각이 문 앞에 서 있다
텅 빈 교실이 나를 보고 깜짝 놀란다

늘 그랬다
식탁을 훔친 행주를 냉장고에 넣고 휴대폰을 냉동실에
서 찾기도 했다
반갑다고 다가서는 얼굴이 기억나지 않고
눈에 익은 길도 문득 낯설다

다닥다닥 공중에 떠 있는 플라타너스 열매가 낯설고
나무가 놓쳐버린 수많은 이파리가 낯설고
그 열매의 속이 낯설고
그 중심의 까치집이 낯설다
도대체 익숙한 것은 무엇인가

어딘가에 잠복했던 기억들이 툭툭 끊어지는 소리 들린다
수많은 기억의 동굴로 바람이 들랑거리는 소리도 들린다
과부하 된 기억들이 썰물처럼 쓸려나간 자리에

내가 있다
타인이다

뽕잎에 물들다

찻잔에 뽕밭이 우거진다 연둣빛 바람이 인다

채송화 씨 같은 알들, 애벌레가 알에서 깨면 할머니의
열 손가락은 푸르게 물들어간다 보이지 않는 입들이 향
기를 갉아먹으며 모래알 같은 똥을 싼다 똥인지 누에인
지 분간하기 어려운 시간 채 썬 뽕잎들이 감쪽같이 사라
진다 희끄무레한 것들이 꿈틀거리고 자루에 뽕잎을 꾹
꾹 눌러 인 할머니는 자꾸 뽕밭이 되어간다 누에들이 굵
어진 머리를 휘두르자 잠 속까지 빗소리가 들이친다 잠
실이 후끈거린다

섶에 오르려면 네 번 허물을 벗고 아무것도 먹지 않고
그저 멍하니 머리를 쳐들고 꿈꾸듯 있어야 한다 그러다
가 가느다란 실을 뱉어서 하염없이 제 몸을 감아 가는
누에들, 할머니는 명주 수의를 지으며 조용히 기다리신
다

나는 아직 뽕잎 속에 있고 막잠에서 깨어나지 못했는
데 외할머니는 오래전 고치 속으로 사라지셨다

황사

황사가 바람을 앞세우고 온다
사막이 날개를 펴고 뿌옇게 날아온다
사막은 몇 킬로의 속도를 가졌을까
입국 허가도 없이 무단으로 국경을 넘어
한반도로 밀어닥친 사막이 시야를 흐리며
아무 데나 눌러앉는다

사막은 왜 이리 가벼운가
가려운가
눈동자 귓구멍 콧구멍 목구멍까지
모두 사막이 되어간다

꽃들이 밭은기침소리를 낸다
봄은 가속이다

4부

봄, 고양이

가로등 아래 개나리가 휘황하다
오늘 밤도 나는 쓰레기통 앞에서 그를 만났다
노란 생울타리를 배경으로 우리는 서 있다
힐끗,
곁눈질과 곁눈질이 마주친다
그가 미끄러지듯 꽃담 밑으로 스며들고
풍풍한 그의 그림자도 뒤따라 들어갔다
순간 꽃 그림자가 꿈틀,
꽃의 눈과 나의 눈이 흔들림 속에 얽혀들었다
내가 꽃을 훔쳐보듯
꽃이 나를 훔쳐보는 순간
노란 담을 뚫고 그 검은 놈이 불쑥 솟아올랐다

야옹!

독수리

야, 야, 야, 저놈이 왜 또 날 노려본다냐! 시커먼 저 발톱 좀 봐라 저놈이 내 골을 다 파먹고선… 저걸 그냥… 아버지는 철조망을 향해 돌멩이를 집어 던진다 죽은 나무 꼭대기에 앉은 독수리는 우리 안에서 눈 하나 꿈적 않고 돌팔매는 포물선을 그으며 저만치 떨어진다

그날 얼큰히 취해 계단을 헛디딘 아버지, 고꾸라져 구르다 모서리에 머리가 받혔다 한참 만에 중환자실에서 눈을 뜬 후 어머니가 변기통을 들고 들어오자 아주머닌 누구슈? 머리에 박은 링거줄을 잡아 빼며 물었다 그때부터 아버지 속에 숨어 있던 독수리 한 마리가 어머니의 가슴을 쿡쿡 찍어댔고 어머니는 점점 웃음을 잃었다

청상인 바루터 댁의 막내아들, 아버지는 누가 부른다고 얼른 가야 한다고 한참 소란을 피우다가 열 살이 되어 갑자기 엉엉 울었다 둘째 형은 전사하고 노름꾼 큰형이 공부는 때려치고 농사지으란다고 학교에 가고 싶다고 병실이 떠나갈 듯 울었다

아직도 저놈이 날 쏘아보네! 핏발 선 눈으로 아버지는
허공을 보며 부들부들 떤다

사나운 독수리 한 마리가 오래된 상처를 쪼아 먹고 있다

집으로 오는 길

집들이 환히 눈을 뜨고 식구들을 기다리는 시간
길이 점점 몸을 지우고 있다
가로수 너머로 사람들은 자꾸만 사라지고
길이 있던 자리에 네온사인이 번쩍거린다
너는 자꾸 돌아올 날짜를 미루고
나는 빈방에 또 불을 지핀다
달력에 가위표를 치고 동그라미를 그린다
지금 거리는 어둠을 갈아입는 시간
너는 몇 겹의 옷을 입고 이 싸늘한 거리를 헤매고 있을까
몸보다 더 커버린 마음
지켜주던 집과 내 잔소리는 너의 단단한 껍질이었다
문득 탈피에 대해 생각한다
지금 TV에서는 킹크랩이 탈피하는 중이다
껍질을 버린 저 말랑말랑한 몸
여린 목덜미를 물어뜯을 검은 그림자가 다가온다
한낮에도 길이 보이지 않는 세상
TV를 끄고 다시 달력에 붉고 커다란 별을 그려 넣는다

너는 집으로 오고 있을 것이다

로댕의 고백

나는 어쩌다가 내 이름에 몸을 팔고 말았다
이 고백을 하기까지 오래 망설였다
(나는 위대한 조각가)
나는 아름다운 것들을 형체로 만들며 그것들을 짓밟았다
(나는 존경받는 예술가)
꽃 같은 여자들이 예술의 재료였고
장미 울타리 안에서 어린 끌로델의 순결한 영혼을 훔쳐
지옥의 문*을 만들었다
(예술을 위해서는 그 어떤 것도 죄가 아니었다)
제일 높은 곳에는 아담을 닮은 세 망령
배고픈 우글리노는 새끼들을 안고 업고 웅크렸다가
결국 피붙이를 다 잡아먹어 버렸다
시동생 파올로와 사랑에 빠진 프란체스카…
날마다 나는 이백여 개의 추락하는 군상들의 비명을
듣는다
발버둥 치는 인간들을 보며 나는 생각하는 사람
지옥의 문지기
영원히 뒤틀린 나를 보는 중이다
(턱을 괴고 생각에 잠긴 한 사내 앞에서 사람들은 나를

생각할 것이다)

* 육체적 욕망 등 근원적인 것에 고통받는 인간들을 표현한, 로댕의 전 생애에 걸친 집약적인 작품.

지우지 못한 전화번호

단축번호를 열어본다
지울 수 없는
010 - 8**2 - 3797

난 괜찮아
너희나 건강해야지

나직나직 내리는 봄비
배추흰나비 앉았다 날아간 자리 무꽃 흔들리듯

2년 전 흙 속에 묻힌 그 번호를
알레한드로라는 새가 물고 나타났다
붉고 커다란 날개로 온 세상을 다 덮을 듯한
저 새가 문득 낯설다

긴 목을 들고 고요히
푸른 들판을 둘러보던 왜가리
세상에 없는 아버지는 지금 카톡 속에 살고 있다

봄날

단풍나무 아래 돗자리를 깔고 둥그렇게 둘러앉은 노파들, 손뼉을 친다. 노래를 부른다. 바람이 나뭇가지 끝에 촘촘하다. 한 노파가 아무런 표정 없이 청춘을 돌려다오를 부른다. 무표정한 다음 노파가 연분홍 치마가 봄바람에 휘날리더라… 노래도 끝나기 전 가쁜 숨을 몰아쉰다. 단풍나무 생이파리 서너 장 머리 위로 떨어져 내린다. 노랑나비 한 마리 나폴나폴 건너편 숲으로 날아간다.

저쪽,

초저녁 어스름 속 주물단지 입구 사거리가 웅성거린다
한 남자가 교통정리를 하고
인도 옆에서 흰색 코란도와 빨간 마티즈 비상등이 번
쩍거린다
코란도의 긴 생머리 여자가 어디론가 다급히 전화를
걸 때
내 코란도 운전대가 휘청 헤드라이트 불빛이 흔들
바닥에는 얼굴이 뭉개진 사람이 누워있다
그의 마지막 비명을 삼켰을 바람이
거친 숨을 몰고 차창으로 들어온다
납작 눌린 비명 위로 쉬지 않고 바퀴들이 굴러간다
두 다리를 쭉 펴고 하늘을 향해 차렷 자세로 누운 그는
어두워가는 허공을 멍하니 보고 있다
텅 빈 눈 속으로 한 저녁이 마구 깊어지고 있다
그가 누운 자리 흥건한 핏물을 핥으며 바람이 지나간다
그가 무단횡단으로 급히 가려던 저쪽으로
운동화 두 짝이 엎어지고 자빠지며 가고 있다

바닥분수

물기둥이 추락한다
절정은 잠깐이다

눈부신 물의 옷자락
어떤 손이 붙잡고 있었나
허공이 금세 축축이 젖는다

고추잠자리들이 붉은 무늬를 수놓는다
허공이 반짝인다

저 허공의 고리에 걸어둔
물줄기가 좌르륵 쏟아진다
틈새 잡초들이 물벼락을 맞는다

바닥에 주저앉은 물이 치솟는다
내리치는 힘으로
물은 다시 솟는다

곡비

늦은 문상객들이 돌아갔다
한 줄로 늘어선 화환은 뜬눈으로 밤을 밝히고
향도 끝까지 몸을 사른다
식구들이 슬그머니 눈을 붙이러 간 뒤
혼자 영안실을 지킨다
엿새 전 논문 최종심에 통과했다는 소식에
내 딸 최고다, 너 박사 딸 때까진 살아야지
엄지손가락 치켜들던 아버지
영정과 마주 앉아
하염없이 흘러내리는 마음을 추스른다
울컥 치미는 눈물을 참는데
어디선가 귀뚜라미 운다
천지 사방은 고요하고
입동도 지났는데
차가운 달빛을 굴리는 저 곡소리
늦비에 간간 젖은 길
차바퀴 소리에 잠시 끊어지고 이어진다
저 몰입에 이 밤이 다시 살아난다
아버지는 생시처럼 온화한 미소로 내려다보시고

성실한 哭婢는 새벽이 온 것도 모르고 운다
또록또록 운다

집에 가야 한다

제사는 끝났다. 식구들은 내가 잠든 사이에 사라졌다. 무랑골 큰집 안방 낯선 곳에 나만 두고 갔다. 어서 집에 가야 한다. 칠 년 만에 낳았다는 언니와 남동생만 데리고 갔다. 여섯 살 나만 버리고 갔다. 집에 가야 한다. 보름을 넘긴 이지러진 달빛을 지나 굽이굽이 논둑길을 지나 산과 맞닿은 신작로 끝 밤마다 누가 흐느낀다는 모퉁이를 지나 집에 가야 한다. 시퍼런 벼 잎에 종아리를 찔려도 논둑길에서 뱀이 나와 좁은 길을 막아도 이슬에 흠뻑 젖은 풀밭에서 구르다 나무 꼬챙이에 얼굴을 긁혀도 개골창에 빠져도 집에 가야 한다. 당숙네로 가는 볼모루 쪽 벌판을 보며 낮에 누워 놀던 무덤가 상석을 지나 허름한 상엿집을 지날 때 머리를 풀어헤친 처녀 귀신이 나타나도 집에 가야 한다. 소름이 오소소 일고 으슬으슬 추울 때까지 놀란 오줌을 질금질금 지리며 딸꾹질을 할 때까지 집에 가야 한다.

집은 멀고 부엉부엉 부엉이 울음이 발목을 잡는 밤, 나는 홀로 집을 향해 어두운 밤길을 걸었다. 지금도 밤길을 걸을 때마다 여섯 살 아이가 혼자 걷고 있다. 동이 트기 전 서둘러 돌아가야 한다.

울음과 침묵 사이

맴맴 매앰 맴…
방충망에 달라붙은 울음이 우렁차다

그러나 울음은 금세 날아가고
그 옆 빈 국기게양대에
솔개 한 마리 날아와 앉는다
누가 저 솔개를 달았을까
어느 먼 나라의 국기처럼
순간 게양대가 엄숙해진다

진갈색 날개를 접고
사방을 두리번거리다가
유리창 속으로 고개를 쑥 디미는 솔개

어디선가 또 매미 소리 날아와 솔개를 흔든다
끄떡도 않고
솔개는 제 울음을 삼키고 있다

위험한 상술

바닷가 그 횟집 옥탑
물구나무를 선 마네킹이 빙빙 돌고 있다
하얀 주방 모자 빛바랜 갈색 재킷 긴 앞치마를 두른 남자
두 손을 배꼽 아래 공손히 모으고 왼쪽으로 왼쪽으로
돈다

달빛음악분수의 경쾌한 리듬에 맞춰 오색 불빛이 치솟고
빙글빙글 피가 거꾸로 도는 시간

어떻게든 행인과 눈을 마주치려는 저 남자
오늘도 태연하게 두 발로 허공을 딛고
24시간 무보수의 노동을 견디고 있다

바로 앞 전망대 위에서 누군가 새우깡을 던질 때마다
갈매기 떼가 뿌옇게 날아오르고
그 날갯짓에 바닷바람이 몸을 부풀린다
남자를 거꾸로 돌리는 것은 네 개의 날개
날개 아래 '착한가게'라는 간판이 그를 따라 돈다

어떤 착한 생각이 거꾸로 세워놨을까
무표정한 남자가 하염없이 거꾸로 거꾸로 도는 동안
내 피도 함께 역류하는 중이다

꽃새

동트는 봄 하늘이 온통 영산홍 꽃밭이다
커다란 꽃날개를 활짝 펼친 저 꽃새
방금 땅을 차고 오른 듯
지평선 위로 뭉게구름 일고
동쪽에서 눈부신 빛살이 번진다

새의 깃털 끝에서 다홍빛이 퍼져
세상이 점점 밝아지고
새는 조금씩 날갯짓하며 하늘로 오른다
양 날개 사이로 황금빛 길이 열린다

길 끝에 보이는 환한 얼굴
방금 생수로 씻은 듯 촉촉한
꼬리뼈 위로 번진 욕창을 꽃으로 피워낸 어머니

남묘호랑개교 남묘호랑개교…
그 알 수 없는 주문을 입에 달고 살던
병든 시어머니를 업고
나는 어둠을 빠져나와 빛으로 빛으로 걸어갔다

무릎을 꿇고 새벽기도를 바칠 때마다
어머니를 결박했던 어둠이 풀렸다
점점 빛을 향해 실눈을 뜨던 어머니
어느 날 천사의 날개를 달더니 하늘로 올랐다

저 꽃새, 쉬지 않고 밤을 헤치고 날아온 듯
방금 새벽하늘에 도착했다

이랴

아버지가 황소에게 끌려오고 있다
소는 걷고 아버지는 뛴다
이랴, 소리가 목구멍으로 기어든다
소는 제멋대로 간다

이랴, 친구 병태가 그 소리를 흉내 내며 낄낄거린다
나는 순간 현기증이 난다
돌멩이를 집어 던진다

그깟 소 한 마리도 못 이기고
당최 농사엔 소질이 없는 양반여
애당초 책상 앞에서 펜대나 굴려야 혔는디…

피살이 땐 벼잎에 눈이 찔리고
농약통을 메면 어지럼증이 도지던 아버지
남들이 두벌 김을 맬 때 애벌 김도 못 매고
밭고랑에 엎드려 종일 나올 줄 모르던 아버지

글쎄, 볼모루 윤씨는 쌀 몇 가마에 국민핵교 선생이

되고
　무랑골 조씨도 면서기 됐대유
　어머니의 푸념은 늘어만 가고

　늦은 밤 조씨가 싸들고 온 서류뭉치에
　한자의 토를 달고 대필하면서도
　끝내 농사를 버리지 못한 아버지

　밤이면 집이 떠나갈 듯
　코 고는 소리
　이랴, 소리보다 훨씬 크고 우렁찼다

毒

옻칠한 암갈색 소반에 연둣빛 옻 꽃이 하늘거린다

뒷산 여기저기 퍼진 징그러운 옻나무들, 긴 막대기로
숲을 헤치며 간다 멀찍이 떨어져 가도 눈두덩이 벌겋게
부어오른다 엄마, 또 옻이 올랐나 봐요 눈꺼풀이 딱 붙
어버렸어요 이렇게 속살 감추고 멀리멀리 돌아왔는데
왜 자꾸만 몸이 가려울까요 *(어머니는 허겁지겁 생쌀을
갈아 허연 쌀뜨물을 발라주시고)*

엄마, 세상이 안 보여요 왜 옻나무 그늘에만 닿아도
내 몸은 풍선처럼 부풀어 오를까요 내 속에는 왜 온통
옻나무만 우거졌을까요 깃털 같은 푸른 겹잎에 둘러싸
여 나는 허공으로 붕 떠올라요 구름에 빠져 휘청거려요
(어머니는 붉은 수수비로 온몸을 긁어주시고)

옻칠한 상을 들고 몸을 움찔거린다 내 안에 똬리를 튼
붉은 毒, 꽃으로 번지는 질긴 뿌리, 머리가 가렵고 따갑
다 손톱 밑에 핏물이 든다 그가 나를 어둠으로 끌어당겨
나는 毒이 되고 그는 뱀이 되어 자꾸만 똬리를 튼다

그와 나는 같은 체질이다

112

어젯밤 꿈

너를 치고 뺑소니쳤다
골목을 급히 돌아 샛길로 빠졌다
즐비한 칸나꽃과 눈이 마주쳤다
그 불타는 저지선을 지나
미친 듯이 달렸다

앞마당에 칸나가 활짝 붉다
저 앞에 무릎 꿇고 싶다

찰나刹那가 보여주는 빛과 소리에 대한 성찰

이 경 림(시인)

　보르헤스의 소설 「신의 글」에는 재규어 한 마리가 우주의 비밀을 가리키는 상징물로 등장한다. 신은 창조의 첫날에 세상의 마지막 날에 일어날 재난과 화근을 피해 마술적인 문장 하나를 짓는다. 화자는 신의 글이란 시간과 공간의 변천 속에서 변하지 않는 무엇이어야 할 것으로 판단하고 끊임없이 대를 이어 모양을 유지해 가는 재규어의 가죽 무늬가 바로 그러한 신의 글일 거로 추정한다. 그는 옆방에 갇혀 있는 재규어의 몸에 새겨진 무늬를 끊임없이 관찰하고 사색한 끝에 마침내 신의 글을 해독하게 된다.

　그 순간 그가 본 것은 '지극히 높은 곳에 있는 바퀴'이다. 불교식으로 표현하면 '法輪'이다. '시간의 수레바퀴' 혹은 '우주 운행의 원리'라는 편이 객관적인 표현이 되겠다. 그런데 시를 쓰는 입장에서 이 소설을 보면 주인공의 태도는 바로 시인의 모습을 보여주고 있다. 우연이든 필연이든 이 별에 온 모든 존재자는 이 소설 속의 재규어들이다. 그리고 시인은 그들의 몸에 새겨진 신의 글(메타포)을 찾아내려 호시탐탐 엿보는 염탐꾼들이다. 그러나 보르헤스의 말대로 재규어들은 한순간도 같은 모양으로 존재하지 않는다. 끊임없이 움직이고 변화하며 시시각각 다른 재규어들을 낳는다. 현상이다. 시인은 이 소설의 주인공처럼 그들의 반대편 자신만의 독방에서 그들(현상)의 끊임없는 변화를 관찰하여 신의 글을 읽어내야 하는 관찰자다. 그리하여 집요한 관찰의 끝에서 지극히 높은 곳의 바퀴(신의 글, 메타포)를 엿볼 수 있기를 열망하는 자들이라 할 수 있다.

　그의 말대로 시인은 우주의 타오르는 구조를 엿보는 자들이다. 그런 의미에서 시는 아니 시인은 근원적으로 불경하고 불온하고 반역적이다. 시는 근원적으로 긍정의 자식이 아니다. 시는 시인의 인식과 세계와의 不和 속에서 생겨난다. 그것이 시의 출발점이다. 비록 어떤 이의 시가 순하고 아름답고 천사의 날개를 가진 것처럼 보인다 하더라도 그 속에 만약 순함과 아름다움만 있다면 뭔가 부족해 보이는 것이 시이다. 아름다움 속에 숨죽이고 있는 추함이나 슬픔, 처연함 같은, 부정적이고 반역적 요소들이 함께 하지 않는다면 우리는 반쪽짜리 세계를 보는 듯한 허탈감을 숨길 수 없을 것이다. 좋은 시들 속에는 찰나적으로 멈추어 있는 번갯불 같은 것이 보인다. 모든 순간을 포함하고 있는 순간! 그때, 세계는 운행을 멈추지 않았으나 시인의 시간은 멈추어 있고 그것은 自身으로 가득 차 있다. 그런 상태가 가장 詩的인 상태라 할 수 있을 것이다.

근자에 문예지에 발표되는 시들을 보면 크게 두 종류로 나눌 수 있을 것 같다. 하나는 전통서정을 좀 더 현대적 감성으로 풀어내는 시들이고 또 하나는 그 전통의 틀을 완전히 무시하고 관념이나 어떤 철학적 바탕 위에 자신만의 새로운 언어적 틀을 창조해 내는 시이다. 어느 쪽도 나쁘다거나 좋다고 단정할 수는 없으리라. 그것은 어디까지나 시인의 취향이며 선택이기 때문이다. 다만 전자의 방법으로 쓰인 시는 너무 익숙한 비유들의 지루한 답습에 떨어지지 않도록 조심해야 할 것이고 후자는 별 깊이도 내용도 없이 겉만 휘황한 황금가면이 되지 않도록 유의해야 할 것이다.

위의 경향에 대입해 보면 류인채의 시는 전자에 속한다고 할 수 있겠다. 그의 시는 현란하지 않다. 어떤 휘황한 지적 제스처도 기교도 없다. 그러나 현상을 따라가는 시인의 눈은 진솔하고 성실하다. 이번 시집도 그런 시인의 詩作 태도를 잘 보여주고 있다.

刹那의 사전적 정의를 보면 '극히 짧은 시간時間', '겁劫', '어떤 현상現象이 이루어지는 바로 그때', '순간瞬間'이라고 되어 있다. 그런 의미들을 바탕에 놓고 보면 '刹'이라는 글자가 지니고 있는 시공간의 둘레는 '무한'이라는 걸 알

116

수 있다. 어쩌면 위의 제시된 사전적 정의 전체가 '刹'이라는 글자 하나에서 나왔다고 해도 과언이 아니니 말이다. 또 '刹'이라는 글자는 절이나 사원을 가리키기도 해 시인의 눈에는 '눈 깜빡할 사이에 생겼다 사라지는 寺院한 채'의 이미지를 떠올리게 하기도 한다. 순간과 순간 사이에 고즈넉이 들어앉은 사원 한 채! 재미있는 것은 '刹' 속에는 '劫'의 뜻도 포함하고 있다는 점이다. '劫'은 천지가 한 번 개벽할 때부터 다시 개벽할 때까지의 시간을 가리킨다고 한다. 그것이 '눈 깜빡할 사이'라는 짧은 시간과 의미를 같이하고 있다는 사실은 놀랍지 않은가. 그리고 보면 글자라는 것이 생겨나기 전부터 인간은 선험적으로 찰나니 영원이니 하는 시간적 단위들이 모두 인간의 마음에서 비롯된 것이라는 걸 알고 있었던 건 아닐까.

　다음의 두 시에는 정반대의 이미지를 가진 '찰나'가 나타나 있는데 그 하나는 눈부시고 아름다운 유토피아적 이미지를 보여주고 있는 데 반해 다른 하나는 위험하고 참혹한 순간의 디스토피아적 이미지를 드러내고 있어 흥미롭다. 그러나 이 두 종류의 '찰나'들은 하나같이 '영겁' 같은 시간을 떠올리게 하며 그 모두 인간의 마음이 만들어낸 것들이라는 것을 다시 한 번 실감 나게 해 준다.

오월이면 아버지는 내 키보다 큰 싸리나무를 지고 산에
서 내려오셨다
　보랏빛 꽃들이 누워 산등성이 한쪽을 쓸며 언덕을 내려
왔다
　막 비질한 하늘로 꿩꿩 장끼가 날아올랐다
　무지갯빛 꿩의 깃털이 바작에 사뿐 내려앉았다
　문득 청보라 빛 하늘이 열리고
　아버지의 등 뒤로 햇살이 부챗살처럼 퍼져나갔다

　아버지는 매일 하나님을 지고 오셨다
　　　　　　　　　　　　　　　－「싸리꽃 지게」 전문

　유년의 기억 중 한 토막인 이 짧은 찰나를 환하게 詩로
들어 올리고 있는 부분은 "무지갯빛 꿩의 깃털이 바작에
사뿐 내려앉았다/ 문득 청보라 빛 하늘이 열리고/ 아버
지의 등 뒤로 햇살이 부챗살처럼 퍼져나갔다"라는 구절
이다. 어느 날 꽃 한 단을 꺾어 지게에 지고 산을 내려오
는 아버지의 등 뒤로 무지갯빛 장끼가 날아오르고, 장끼
의 깃털 하나가 사뿐 바지게에 내려앉고, 청보라 빛 하
늘이 열리고, 아버지의 등 뒤로 햇살이 부챗살처럼 퍼져
나가고, 하는 몇 가지의 일은 사실 불과 수 초 사이, 그
야말로 찰나에 일어나는 일이다. 그러나 시인은 그 속에
서 눈부신 빛을 보는 것이다. 시인은 그것을 "하나님"이
라 표현한다. 그때 그의 일차적인 속뜻은 '꽃 한 단=하나

118

님'이었을 것이다. 그러나 독자는 그 순간 장끼가 떨어뜨린 깃털 하나도, 꽃 한 단이 실려 있는 바작도, 모두 눈부신 빛이요 하나님이라고 읽을지 모른다. 그것이 이 시를 빛나게 하는 '찰나'의 말이다. 이런 찰나는 독자에게 마치 천국을 보는 것 같은 행복감을 안겨준다. 그러나 이생에서 우리를 스쳐 가는 수많은 찰나가 모두 이렇게 눈부신 것만은 아니다. 위의 시와는 전혀 다른 찰나를 보여주는 시 한 편을 보자.

전동차 문이 닫히는 순간 덜컹
미처 빠져나가지 못한 목과 두 팔이 문틈에 끼었다
성급히 빠져나간 두 다리만 문밖에서 버둥거린다
그러나 폐지 자루를 움켜쥔 손은 완강하다
손등에 적힌 갑골문자가 그가 헤맨 도시의 길들을 보여주고 있다

움켜쥔 자루는 꿈쩍도 않고
門이 큰칼이 되어 깡마른 노인의 목을 겨누고 있다

절룩이며 거둔 따끈한 뉴스들
아무렇게나 접힌 아침이 너무 육중하다
방금 전까지 선반을 더듬던 손은 나무토막처럼 뻣뻣하고
쫓기듯 두리번거리던 눈빛은 단도처럼
자루에 꽂혀있다

안도 밖도 아닌 그 노인
눈만 끔벅거린다
이쯤은 아무것도 아니라는 듯
여러 번 당해본 일이라는 듯
뜻밖에 덤덤하다

쇠골이 산맥처럼 뚜렷하다
찰나에 백 년이 지나간다

잠시 후 방송이 나오고 잠깐 문이 열리고
그는 늘어진 목을 천천히 제자리로 거두어들였다
— 「거북」 전문

　모든 것이 기계화되고 기계에 지배당하는 현대, 비정한 도시의 전철 속에서 폐신문지를 주워 삶을 영위해 가는 한 노인의 비루한 삶을 그린 시이다. 노인은 신문 한 장이라도 더 모으기 위해 이리 뛰고 저리 뛰다 전철이 떠나기 직전, 다급히 내리려 목을 밖으로 내미는 순간 문이 덜컹 닫히는 상황이 벌어진다. 그 순간을 시인은 "문이 큰칼이 되어 노인의 목을 겨누고 있다"고 말한다. 전철 문으로 화한 큰칼에 목을 들이밀고 속절없이 다시 문이 열리기를 기다리는 참혹한 순간을 읽다가 왜 문득 윤동주의 「십자가」란 시가 떠오르는 것일까.

　괴로웠던 사나이/ 행복한 예수 그리스도에게처럼/ 십자

가가 허락된다면// 모가지를 드리우고/ 꽃처럼 피어나는
피를/ 어두워가는 하늘 밑에/ 조용히 흘리겠습니다.

분명 위의 두 詩 사이에는 반세기가 넘는 시간적 거리
가 있고 시대적 배경 역시 비교할 수도 없이 자유롭고
풍요로워졌음에도 불구하고 이상하게 필자는 오히려 十
字架의 화자 쪽이 정신적으로 넉넉하게 다가오는 것은
왜일까? 아마도 그것은 일제강점기의 척박한 환경 속에
서도 이런 처절한 참회와 자기반성의 순결성이 살아 있
어서이기 때문이 아닐까. 그런 본질적인 것들이 사라지
고 메마를 때로 메말라진 현대인의 모습을 시인은 "안도
밖도 아닌 그 노인/ 눈만 끔벅거린다/ 이쯤은 아무것도
아니라는 듯/ 여러 번 당해본 일이라는 듯/ 뜻밖에 덤덤
하다"라고 그리고 있다. 이 부분은 극으로 치닫는 자본
주의의 속도전에 지친 현대인들의 모습을 보는 것 같아
씁쓸하다. 문밖이 죽음인 줄도 모르고 다급히 그쪽으로
목을 내민 채 미처 빠져나가지 못한 몸만 이쪽에서 버둥
거리는 이 타이포그래피 적 영상은 찰나에 백 년이 지나
가는 생의 이미지를 너무나 생생하게 보여주고 있어 섬
뜩하다. 재미있는 것은 위의 두 시 모두 '劫'의 이미지를
생생하게 품어 찰나도 영겁도 인간의 마음이 만들어낸
것들이라는 말을 떠올리게도 한다. 같은 이미지의 또 한
편을 보자

지하차도로 막 들어서는데 집채만 한 트레일러가 금지된 실선을 넘어 내게로 달려들었다 다급한 손발이 경적을 울리고 액셀을 밟는다

어떤 미친 속도가 나를 짓밟고 벽 쪽으로 밀어 뭉갠다 외마디 비명이 차체와 얽혀 찌그러진다 나는 마지막 한 방울까지 기름을 짜낸 깻묵, 쏟아지는 피를 받아 마시는 허기진 혓바닥

누군가 급히 검은 보자기를 들고 내게로 달려들어 마지막 비명과 얼굴과 이름을 덮어씌운다 웅성거림 속에서 어머니가 보를 들추다가 쓰러지신다 통곡이 터널 속을 왕왕 울린다 터널의 아가리가 급히 확대된다

아! 외마디에 금빛 날개 한 쌍이 활짝 펼쳐져 나를 들어 올린다 나는 풍뎅이처럼 날아오른다 저 아래, 차들이 어지럽게 엉키고 부딪치고, 나는 아득히 터널의 궁륭을 날아 반대편 벽에 내려앉는다 어디선가 한꺼번에 빛이 쏟아진다
ㅡ「내게도 눈부신 날개가 있다」 전문

교통사고의 현장을 그대로 그리고 있는 이 시 속에는 위험 속으로 휩쓸려간 한 인간이 꿈인 듯 생시인 듯 훔쳐 본 찰나의 세계가 잘 드러나 있다.

특히 "나는 마지막 한 방울까지 기름을 짜낸 깻묵, 쏟아지는 피를 받아 마시는 허기진 혓바닥"이라든가 마지막 연의 "금빛 날개 한 쌍이 활짝 펼쳐져 나를 들어 올린

다 나는 풍뎅이처럼 날아오른다", "나는 아득히 터널의 궁륭을 날아 반대편 벽에 내려앉는다 어디선가 한꺼번에 빛이 쏟아진다"라는 구절들은 현상이면서 그 너머의 세계를 보고 있는 듯한 묘한 비현실감으로 독자를 데려간다. 한 찰나 속에 눈부신 빛과 어둠이 교차하며 지나간 뒤 번데기가 옷 벗듯 몸 바꾸고 화르르 날아오르는 화자의 비상이 있다.

또 그의 시에서 간과할 수 없는 것은 소리에 대한 인식이다. 세계는 온갖 시간의 노골적이며 동시다발적 顯現이요 빛과 소리의 무한정한 슬라이드들이다. 현대물리학의 초끈이론(super string theory)에서는 우주의 탄생 자체를 끈의 진동으로 보고 그것으로부터 소립자가 탄생하고 더 나아가 우주의 모든 물질을 만들어 낸다고 주장하고 있다. 말하자면 초끈이론은 우주를 끈이라는 오케스트라의 향연장으로 보고 있는 것이다. 만일 그것이 사실이라면 우리는 얼마나 아름다운 소리들의 향연장에서 살아가는가?

소래철교 둥근 교각의 틈을 붙잡고 나팔꽃이 피었다
성긴 철조망을 타고 교각까지 올라온 소리의 길

달팽이관처럼 빙빙
한 넝쿨이 난간을 붙잡고 올라

늙은 다리에 귀 하나 매달았다
늙은 다리의 먹먹하던 귀가 활짝 열린다
바람의 성대가 부풀어 오른다

철로는 매장되고 몸통뿐인 다리 위에서
협궤열차 3량이 덜컹덜컹 달려간다
기억 속, 흑백의 가난한 연인들이 깔깔대며 걸어간다
나팔처럼 벌어진 마음을 서로 휘감는 소리 들린다
소래와 월곶이 잠깐 환하다

새우가 싸요 싸
소라 멍게 맛보고 사세요

어시장의 호객 소리,
보랏빛 귀가 그쪽으로 열린다
짭조름한 귓바퀴에 짧은 해가 쪼글쪼글 달라붙는다
–「다리의 귀」전문

위의 시에는 두 가지 형태의 소리가 등장하는데. 하나
는 들리지 않는 기억의 소리이며 다른 하나는 실재하는
일상의 소리이다. 그가 들은 기억의 소리는 "나팔처럼
벌어진 마음을 서로 휘감는 소리", "기억 속, 흑백의 가
난한 연인들이 깔깔대며 걸어"가는 소리 같은 사차원적
소리이며, 실재하는 소리는 "새우가 싸요 싸 /소라 멍게
맛보고 사세요"하는 소리일 것이다. 그러나 실재의 소리

도 기억의 소리도 모두 세상을 이루는 존재들의 소리이
리라. 그리하여 귀가 없는 늙은 다리는 그 아름다운 교
향악을 나팔꽃의 귀를 빌려 듣는다. 마지막 행의 "보랏
빛 귀가 그쪽으로 열린다/ 짭조름한 귓바퀴에 짧은 해가
쪼글쪼글 달라붙는다"는 구절에서 우리는 빛과 소리가
한 몸으로 보랏빛 나팔꽃이 되어 피어있는 걸 본다. 소
리에 대한 시 한 편을 더 보자.

화야산에 눈이 하얗다
빽빽한 삼나무 사이를 헤집고 한 소리가 날아든다
인가도 없는데 어디서 개 짖는 소리 들린다

經을 읽겠다고 굽이굽이 산중에 든 내게
소리가 날아온다
누가 문고리를 스쳐 가는 소리
북소리…종소리…
아득한 소리의 시간이 어딘가로 가고 있다

그 행간에 몇 개의 쉼표를 찍는 사이
누군가 내 자리를 가져갔다
시간강사인 밥줄이 뚝 끊어졌다

經을 읽는 일이 經을 치는 일이라는 걸 몰랐다
                              ─「經을 읽다」전문

어느 날 조용히 며칠, 책이나 읽겠다고 산중에 들었지만, 소리에서 벗어날 수가 없다. 새소리 바람 소리 풀벌레 울음소리 개 짖는 소리……. 앞서 말한 대로 우주는 온갖 소리의 향연장이기 때문이다. 아니 더 근원적으로 보면 생명은 소리이기 때문이리라. 억지소리 같지만 어쩌면 인간이 '조용히 책이나 읽고 싶다'는 생각 자체가 뭇 생명을 고려하지 않는 인간만의 폭력적 사고에서 나온 것인지 모른다. 사실 經을 읽으려는 마음이란 내면의 온갖 소리를 '조용히' 잠재우고 싶은 본능적 희망이 숨어 있는지도 모른다. 자신 속에서 들끓는 온갖 욕망의 소리를 내려놓고 보면 비로소 뭇 생명의 소리가 들리리라. 문고리를 스치는 바람 소리, 숲이 몸 비비는 소리, 이름 모를 벌레들이 밤새 앓는 소리들이 또록또록 들리리라. 사실 진짜 경을 칠 일은 온갖 시끄러운 세상의 소리에 끌려다니다 이런 본질의 소리를 귀담아들을 수 없는 일인지도 모른다.

묘사를 중심으로 그려진 위의 시들과는 조금 다르게 자신을 향해 세계를 향해 진지한 질문을 던진 다음의 시를 보자.

> 너무 많은 것을 함축한 이 球体는 무엇입니까
> 일 중독인 남편과 어린 딸을 두고 바람난 엉덩이 같은
> 정부 쪽으로 구부러진 어깨 같은
> 그것은 무엇입니까

폭주족들은 왜 어둠을 끌고 달려갑니까
오토바이들이 중앙선을 넘어 반대편으로 거슬러 간 뒤
진한 양파 냄새가 납니다

사랑해 그러니까 믿어 줘

통유리 너머 뚱뚱한 저 여자는 순식간에 양파 한 접시를
다 먹어치웠습니다 저 외로움은 몇 겹입니까

남발한 양파들이 함부로 굴러다니는 저 거리는 어디입니까
― 「양파」 전문

  그렇다. 시의 출발은 발견에 있지만, 그것은 세계에
대해 아니 대상에 대한 진지한 질문에서 비롯된 것이어
야 하고 또 그것은 깊은 성찰로 이어져야 하리라.
  미친 듯 고뇌하고 알 수 없는 불안으로 떨기도 하며 밤
을 지새울 수 있는 사람이 시인이다. "고뇌와 불안은 인
간을 근원적 조건에 이르게 하는 문을 열고 닫는, 서로
대립되고 대칭적인 두 개의 통로"*라고 하이데거는 말
하지 않았던가.

* 하이데거의 『존재와 시간』에서